GW00985722

Monsieur BAGARREUR

Collection MONSIEUR

<table>
<tr><td>1</td><td>MONSIEUR CHATOUILLE</td><td>27</td><td>MONSIEUR MALPOLI</td></tr>
<tr><td>2</td><td>MONSIEUR RAPIDE</td><td>28</td><td>MONSIEUR ENDORMI</td></tr>
<tr><td>3</td><td>MONSIEUR FARCEUR</td><td>29</td><td>MONSIEUR GRINCHEUX</td></tr>
<tr><td>4</td><td>MONSIEUR GLOUTON</td><td>30</td><td>MONSIEUR PEUREUX</td></tr>
<tr><td>5</td><td>MONSIEUR RIGOLO</td><td>31</td><td>MONSIEUR ÉTONNANT</td></tr>
<tr><td>6</td><td>MONSIEUR COSTAUD</td><td>32</td><td>MONSIEUR FARFELU</td></tr>
<tr><td>7</td><td>MONSIEUR GROGNON</td><td>33</td><td>MONSIEUR MALCHANCE</td></tr>
<tr><td>8</td><td>MONSIEUR CURIEUX</td><td>34</td><td>MONSIEUR LENT</td></tr>
<tr><td>9</td><td>MONSIEUR NIGAUD</td><td>35</td><td>MONSIEUR NEIGE</td></tr>
<tr><td>10</td><td>MONSIEUR RÊVE</td><td>36</td><td>MONSIEUR BIZARRE</td></tr>
<tr><td>11</td><td>MONSIEUR BAGARREUR</td><td>37</td><td>MONSIEUR MALADROIT</td></tr>
<tr><td>12</td><td>MONSIEUR INQUIET</td><td>38</td><td>MONSIEUR JOYEUX</td></tr>
<tr><td>13</td><td>MONSIEUR NON</td><td>39</td><td>MONSIEUR ÉTOURDI</td></tr>
<tr><td>14</td><td>MONSIEUR HEUREUX</td><td>40</td><td>MONSIEUR PETIT</td></tr>
<tr><td>15</td><td>MONSIEUR INCROYABLE</td><td>41</td><td>MONSIEUR BING</td></tr>
<tr><td>16</td><td>MONSIEUR À L'ENVERS</td><td>42</td><td>MONSIEUR BAVARD</td></tr>
<tr><td>17</td><td>MONSIEUR PARFAIT</td><td>43</td><td>MONSIEUR GRAND</td></tr>
<tr><td>18</td><td>MONSIEUR MÉLI-MÉLO</td><td>44</td><td>MONSIEUR COURAGEUX</td></tr>
<tr><td>19</td><td>MONSIEUR BRUIT</td><td>45</td><td>MONSIEUR ATCHOUM</td></tr>
<tr><td>20</td><td>MONSIEUR SILENCE</td><td>46</td><td>MONSIEUR GENTIL</td></tr>
<tr><td>21</td><td>MONSIEUR AVARE</td><td>47</td><td>MONSIEUR MAL ÉLEVÉ</td></tr>
<tr><td>22</td><td>MONSIEUR SALE</td><td>48</td><td>MONSIEUR GÉNIAL</td></tr>
<tr><td>23</td><td>MONSIEUR PRESSÉ</td><td>49</td><td>MONSIEUR PERSONNE</td></tr>
<tr><td>24</td><td>MONSIEUR TATILLON</td><td>50</td><td>MONSIEUR FORMIDABLE</td></tr>
<tr><td>25</td><td>MONSIEUR MAIGRE</td><td>51</td><td>MONSIEUR AVENTURE</td></tr>
<tr><td>26</td><td>MONSIEUR MALIN</td><td></td><td></td></tr>
</table>

MONSIEUR   MADAME

Monsieur
BAGARREUR

Roger Hargreaves

hachette
JEUNESSE

À ton avis,
pourquoi la maison de monsieur Bagarreur
est-elle comme ça ?

Eh bien, c'est parce que monsieur Bagarreur
se bagarre avec elle,
quand il n'a personne d'autre
avec qui se battre !

Pas étonnant
que lui aussi soit comme ça,
n'est-ce pas ?

Un jour, monsieur Bagarreur
dit à quatre marguerites :

– J'en ai assez de me battre
avec n'importe qui et n'importe quoi.

Promis !
Juré !
C'est fini !

À partir d'aujourd'hui,
plus la moindre petite bagarre !

Les quatre marguerites sourirent.
Elles avaient du mal à le croire !

Un ver de terre vit monsieur Bagarreur.

– Qu'est-ce qu'on cherche aujourd'hui ?
lui demanda-t-il d'un air moqueur.
Des marrons ou bien des châtaignes !

– Un mot de plus, et je vous tords le cou !
hurla monsieur Bagarreur.

Il serra les poings,
mais il n'eut pas le temps
de se bagarrer avec le ver :
prudent, celui-ci était déjà rentré sous terre !

Ensuite, monsieur Bagarreur
rencontra monsieur Costaud.

« Du calme ! Pas de bagarre aujourd'hui »,
se dit-il tout bas,
avant d'ajouter tout haut :

– Laissez-moi donc porter votre panier !

– C'est gentil, mais j'ai peur
que vous ne soyez pas assez costaud,
répondit monsieur Costaud.

– Moi, pas assez costaud ?
hurla monsieur Bagarreur.
C'est ce qu'on va voir !

Et il serra les poings,
et il les brandit,
et il fonça sur monsieur Costaud.

Aïe ! Aïe ! Aïe !

Madame Prudente passait par là.

– Vous n'êtes guère prudent,
dit-elle à monsieur Bagarreur
en lui tendant la main
pour l'aider à se relever.

– De quoi vous vous mêlez ? hurla-t-il.

Et il se releva tout seul,

et il serra les poings,

et il les brandit,

et il fonça sur…

… un arbre !

Voyons, un monsieur ne se bat pas
avec les dames !

– Ouille ! hurla monsieur Bagarreur.

– Aïe ! cria un magicien en tombant de l'arbre.

Puis ce magicien ajouta :

– Monsieur Bagarreur, vous aurez des ennuis
si vous continuez de vous battre comme ça !

– Mais c'est plus fort que moi !
gémit monsieur Bagarreur.

– Taratata ! dit le magicien
en agitant sa baguette magique.

Ensuite, que fit-il à ton avis ?

Non, il ne transforma pas les poings
de monsieur Bagarreur en caramels mous
ou en pommes de terre pourries.

Il chuchota :

– Suivez mes bons conseils !
Tournez sept fois la langue dans votre bouche
au lieu de hurler, et croisez les mains derrière le dos
au lieu de frapper le premier venu.

Monsieur Nigaud arriva à ce moment-là.

– Avec lui, pas de risque de bagarre !
murmura monsieur Bagarreur.

– À la bonne heure ! dit le magicien.

– Bonjour, les éléphants !
cria monsieur Nigaud.
Regardez mon beau ballon bleu.
Je vais le poser sur l'arbre
pour que vous puissiez l'admirer.

Et il le posa par terre !

– Mais votre ballon n'est pas bleu,
il est vert, dit monsieur Bagarreur.

– Non, il est bleu ! hurla monsieur Nigaud.
– Non, il est vert !
– Non, bleu !
– Non, vert !
– Non, bleu !
– Non, vert !

« Monsieur Bagarreur va voir rouge ! »,
pensa le magicien.

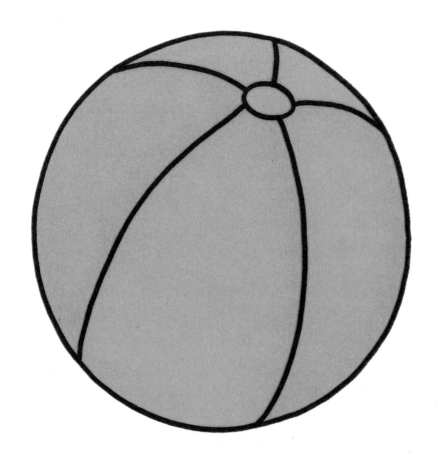

En effet,
monsieur Bagarreur vit rouge.

Mais il se rappela les conseils du magicien.

Vite, il tourna sept fois sa langue
dans sa bouche.

Vite, il croisa ses mains derrière son dos,
et encore plus vite,
il donna…

… un magistral coup de pied
dans le ballon !

RÉUNIS VITE LA COLLECTION ENTIÈRE

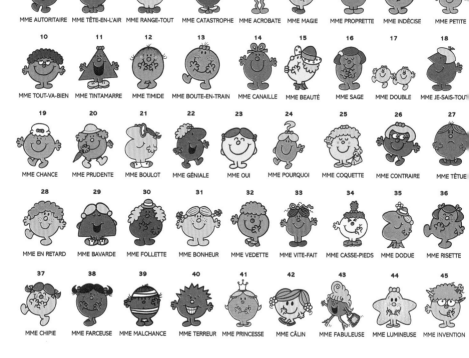

1 MME AUTORITAIRE	2 MME TÊTE-EN-L'AIR	3 MME RANGE-TOUT

DES **MONSIEUR MADAME**

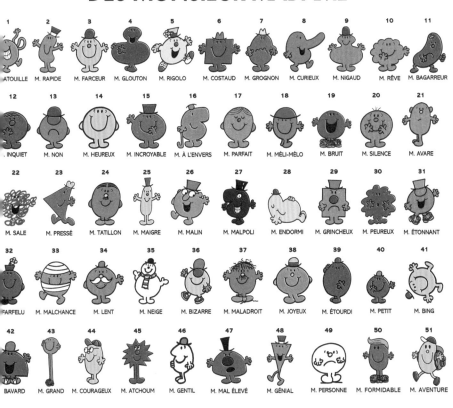

1 ATOUILLE	2 M. RAPIDE	3 M. FARCEUR	4 M. GLOUTON	5 M. RIGOLO	6 M. COSTAUD	7 M. GROGNON	8 M. CURIEUX	9 M. NIGAUD	10 M. RÊVE	11 M. BAGARREUR
12 . INQUIET	13 M. NON	14 M. HEUREUX	15 M. INCROYABLE	16 M. À L'ENVERS	17 M. PARFAIT	18 M. MÉLI-MÉLO	19 M. BRUIT	20 M. SILENCE	21 M. AVARE	
22 M. SALE	23 M. PRESSÉ	24 M. TATILLON	25 M. MAIGRE	26 M. MALIN	27 M. MALPOLI	28 M. ENDORMI	29 M. GRINCHEUX	30 M. PEUREUX	31 M. ÉTONNANT	
32 ARFELU	33 M. MALCHANCE	34 M. LENT	35 M. NEIGE	36 M. BIZARRE	37 M. MALADROIT	38 M. JOYEUX	39 M. ÉTOURDI	40 M. PETIT	41 M. BING	
42 BAVARD	43 M. GRAND	44 M. COURAGEUX	45 M. ATCHOUM	46 M. GENTIL	47 M. MAL ÉLEVÉ	48 M. GÉNIAL	49 M. PERSONNE	50 M. FORMIDABLE	51 M. AVENTURE	

Retrouve tous tes héros sur
www.hachette-jeunesse.com

Conception et réalisation : Viviane Cohen.
Scénario : Viviane Cohen et Évelyne Lallemand.
Texte : Évelyne Lallemand.
Illustrations : Colette David.

Édité par Hachette Livre, 58 rue Jean Bleuzen 92178 Vanves Cedex.
Dépôt légal : février 2004
Loi n° 49-956 du 16 juillet 1949 sur les publications destinées à la jeunesse.
Achevé d'imprimer par Canale en Roumanie.